句集

農夫なる限り

石黒雅風

紅書房

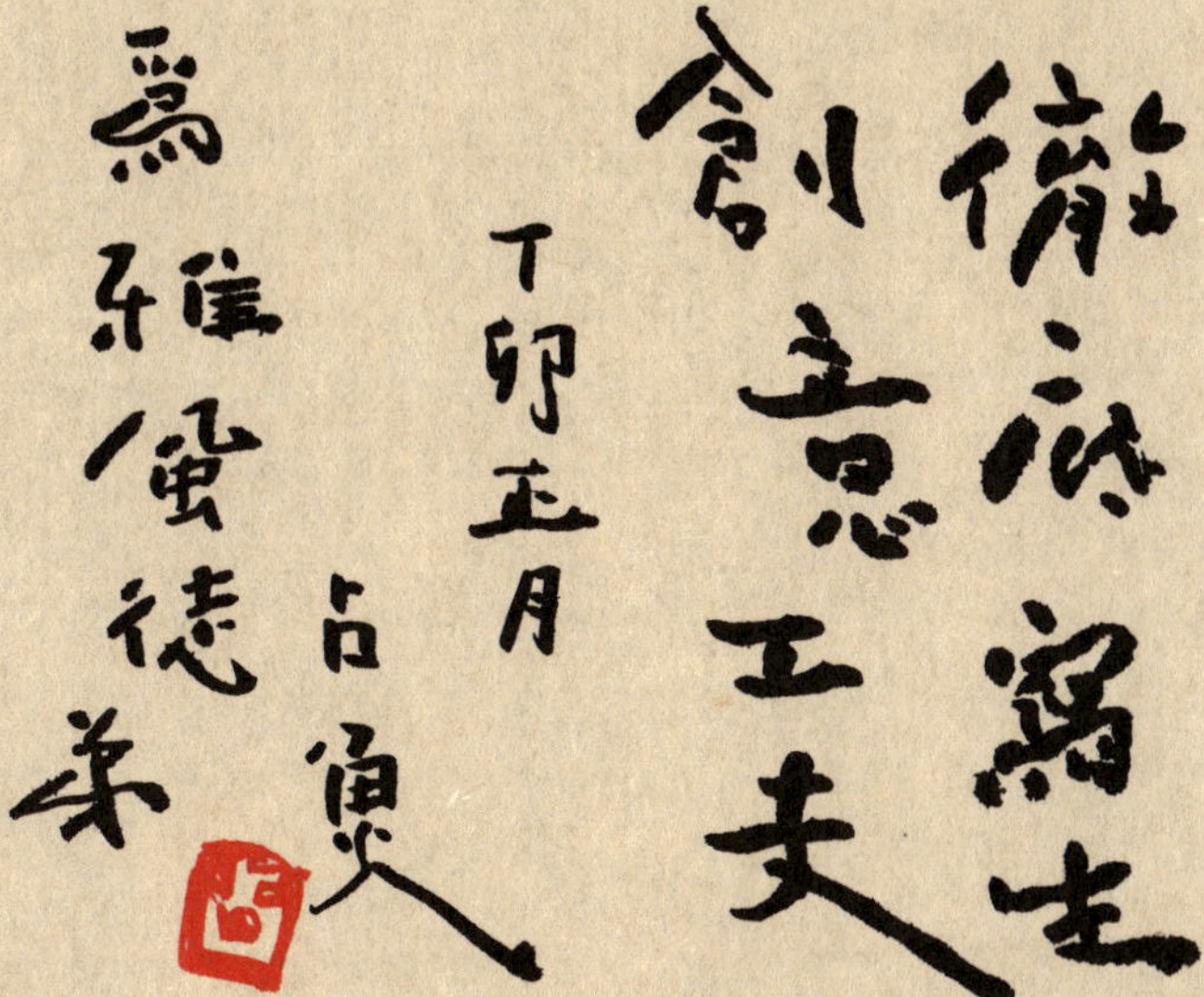
徹底寫生
創意工夫
丁卯正月
占魚

目次

句集

農夫なる限り

鳥わたる

自　昭和六十二年
至　平成十一年

初漁の舟賑へる烏帽子岩

海山の雲に風なき二日かな

早春や湧きては里へ嶺の雲

田をよぎりゆくが近道犬ふぐり

きさらぎや農の合間の籠作り

出稼ぎも町の一員梅の花

占魚忌の夕べの酒の野蒜ぬた

母の忌の母の聲する春夕べ

朝仕事缺かさぬ農夫燕來る

動かずに居られぬ農婦下萌ゆる

語りかけゐるごとく風豆の花

あたたかや隣村へと橋一つ

動きゐて流れぬ芥水溫む

一すぢの水路を蜷の國とせり

田を埋める土運びあり晝蛙

畦といふ形《なり》のやさしさ春の雪

切り口の天へ向きゐる剪定かな

天涯の雲立ちあがり冴返る

一天を突きゐる野火の煙かな

老いてゆくごとく小さき苗床よ

麗かや畑へ行くにもリュックサック

分校の高き一樹の芽吹きかな

一線にはしる堤防柳の芽

種案山子家より抱かれゆきにけり

月欠くるごとたんぽぽの穂絮欠け

犬ふぐり人はうつむくこと多し

土手近く來し耕しの鍬の音

畑を打つには畑打の帽かぶり

春愁や憩ひてばかりゐる農婦

畦塗のゐるそこのみに影のあり

全身の日を背へ集め畦を塗る

學びやは富士へ向く丘初櫻

花影や資料館への裏通り

手洗ひの圓の中なる落花かな

新道に割かれし寺領竹の秋

豆の花老いても農婦頬赤し

病みて野に戻れぬ農夫鳥わたる

葬式の煮炊きのにほひ春深し

代田水張りし夕べの明るさよ

堰のあるたびに音あり青田道

歩を移すときもうつむき田草取

誘蛾燈ともりし頃の道絶えし

一閃を投げてバス來る青田かな

麥秋や書架の一書にまで埃

見廻りにきし畑の草取つてをり

汗に濡れては干し乾きては農衣

素手といふもののやさしさ豌豆摘む

そら豆や酔へば出てくる野良疲れ

ぎしぎしが錆《さび》農道の行き止まり
大師堂あるかたはらの岩清水
草刈籠負ひ地境の掛け合ひに

草刈って仕事終りしわけでなく
なんばんの花や戸のなき堆肥小屋
肥になるもののなんにでも草鞋蟲

なめくぢり咎《とが》なきながら憎まるる

牛小屋へ門は筒抜け凌霄花

涼風や山影かかる畑仕事

手まめなることが身上紫蘇を摘む

石塀は得意なところ蜥蜴逃ぐ

ががんぼの行き場所は壁かなしかり

穴蟬の出つくすまでの旱かな

空蟬の眼にのこるもののあり

蜘蛛の圍の中心風の中心に

蜘蛛の子の夜を生きる術《すべ》知つてをり

くちなはの目のありさうな垣の穴

丹澤へバス發つ驛の夏つばめ

里帰りらしき親子の夏帽子

影深きとは美しき夏帽子

晝中はバス無き峠獨活の花

鳳仙花かまはず庭を通り抜け

畑に來て立つこと多き旱かな

面影の遺れる畑の西日かな

落し水腰抜けしごと流れをり
案山子なる証の兩手水平に
あいさつも山の子らしや葛の花

稲すずめ鳥飛ばざる時も飛び

招くごと袖ゆらしゐる案山子かな

笠間つつじ山公園

稲田見えゐる安らぎの句碑除幕

人柄の土着のぬくさ花芭

變ることなき日の向きや稻架を組む

畦に子を遊ばせ稻を刈つてをり

腰伸ばす癖の農夫に天高し

赤のまんま農家なんでも家ぐるみ

鳥の聲よくとほり稲架乾きをり

稲架の骨畦の長さに置かれあり

水いぢりして秋天を近づけし

扁額の木目ばかりや秋の雨

頼らるることもほどほど秋の蠅

桐一葉をののき人の死に似たり

のつけから敷石大き萩の寺

城山の尾根ひく里の柿の秋

風の尾を引き颱風の去《い》にけり

畑へ來て大聲になる秋の晴

秋風や呼び合ふごとく鳴る塔婆

赤まんま農夫の墓は畑寄りに

なにするも遅き一軒残り稲架

獨活の實や土地賣らずして貧しかり

秋雨や人來ればば鳴く小屋の牛

旅先にとどきし訃報秋の暮

田の神の塚傾けて秋行けり

美しく區切られてある冬田かな

豫報にはなき雨に暮れ早まれり

流れ去るもの流れ去り冬銀河

わが酒を子の案じゐる炬燵かな

親も子も根からの農夫ちゃんちゃんこ

榾積むといふは生活を變へぬこと

欠かせざるもののごとくに大根干す

一本の竿渡しある干菜かな

霜をもて畑は農婦の死を送る

煮凝や夜夜酌む酒に亡き師戀ふ

上州　富岡　三句

冬晴や妙義は常の藍たたへ

妙義嶺に雲のしかかり空つ風
桑枯るる季の上州の風の鞭
子らは刻遊ばせおかず雪合戦

餅搗くや百姓力惜しみなく

玉垣の長さだけなる年の市

田がすぐに山となる村寒鴉

寒晴や塵焚くのみの畑仕事

雲無きが眠れる山を固くする

日脚伸ぶ野良の終ひもそれなりに

葱坊主

自 平成十二年
至 平成十六年

元日や山の日とある道祖神

初鶏のほか天地に音もなし

お降りの跡かたもなき畑日和

臨月の腹抱へ來し賀客かな

どんど火の天打つて音生んでをり

集落が違ひどんどの人垣も

たかむらの日に群青の二月來ぬ
色集めゐるかにげんげ刈つてをり
占魚忌へ上州の風引きて來し

叱られし話すぐ出る占魚の忌

初蝶や風の散らせる瀬の日ざし

足裏に皸《あかぎれ》とびし二月かな

影らしき影なき田面春めきぬ

はるかなるもののごとくに蜷の道

小さき渦巻きつつ蜷の動きをり

春霜や遺しゆきたる農日記

啓蟄や地に生きて背の地へ曲る

水溜のほとりわけても草青む

母のごとつばくろ來るを待てる納屋

土とりに來る田同じやつばくらめ

一本の絲とし巣藁引きゆけり

巣燕や遊ぶ子の居ぬ児童館

無くなつてゐし古本屋つばくらめ

麗かや役場へ棒のごとく道

聲を地にころがしてをり戀の猫

富士に雲湧きて間なしの芽木の風

裏庭は牛の遊び場木木芽吹く

植ゑ付けし薯にいのちを入れに雨

沼田打つ鍬や高くは振り上げず

耕の鍬放り出しゆく訃報

音が飛び出して來さうよ葱坊主

葱坊主眞すぐ過ぎて倒れけり

入り際の日の明るさよ柿芽吹く

墓地へ坂なせる宮裏木木芽吹く

堂裏へ續きゐる溝著莪の花

四國　高知　三句

龍馬像戀ひ來し國の初櫻

春光や永久に洋《なだ》向く龍馬像

川漁を生活の四五戸柳の芽

しやぼん玉吹けばいつでも風が呼べ

すかんぽの花土手の丈伸ばしをり

春愁や畑去ることが農夫の死

どの道もぬけ道めくや村椿

だだこねる癖ぬけきれず入學す

畑に棚にはかに目立ち四月來ぬ

清明の海山同じ色に暮れ

百姓の尿《いばり》へと來て風光る
溢れくる力のありて櫻搖れ
一本の花に始まる集落よ

水溜の水踊りをり櫻南風《さくらまじ》
相模灣よりの雲脚櫻南風
八重櫻摘むや葉影を浴びながら

行く春の薄日が支へゐる天氣

葉櫻や風聞くのみの墳丘墓

映りゐる影に夕濃き早苗かな

代掻きて代掻きて空張ってゆき

禮文島スコトン岬の先師句碑を訪ねる旅　六句

夏冷えの笹原を風光り飛ぶ

花獨活の朝影に湧く島の風

夏霧やとびとび點る禮文の燈

咲き揃ふ禮文敦盛草に風

風に乗りきつたる海猫《ごめ》の羽ばたかず

海霧《じり》暗し心殘して句碑を去る

老鶯や旅の話を師の墓に

田がありし頃の水源あやめ咲く

雲の無き空の生む風新樹光

言祝ぎの話とんとん今年竹

老鶯に明け老鶯に暮るる村

刈草の時折流れ來る川面

曾我城前寺

堂縁に役者名の傘虎が雨

太陽に向かひ性根を据ゑて夏

野續きの風に分校跡涼し

行き着けるところ橋なる涼みかな

剱崎へ細りゆく道枸杞の花

黒南風《はえ》や峰の背走る行者道

燈臺のほとりが穴場わかし釣る

水兵の帽子の彈く夏日かな

夏燕丘越す風に聲を張り

雲に色變ふる湖夏つばめ

梅雨の明け近し日照雨《そばえ》の昨日今日

眠り姫ゐるかの森や綵とんぼ
止められぬ數となり蟻道つくる
綵とんぼひそみきれずにたちにけり

夏雲に後押されゆく車椅子

ウインドに目の行つてゐる日傘かな

通り抜けだけの校庭夏休み

草の他に負けるものなし草茂る
城下町らし片蔭の整ひよ
のうぜんや奥行き深き農の庭

大神宮さままる見えの夏座敷

火取蟲暮し昔のままの卓

どうやつてみても背中へ大西日

流れぬがままに光れり旱雲

打つたびに石打つ旱畑かな

地へと落ちたる瓜蠅の死んだふり

晝は人寄らぬ牛舎の扇風機

晩涼や草にぬぎある農夫帽

産土の杜の風音夜の秋

一灣の紺を引き締め秋立てり

新涼や畑摺つてゆく雲の影

風の吹くたびに夜氣くる窓の秋

施餓鬼會の焼香どれも農夫の手

幼さのまだぬけきらぬいとどかな

青き葉のところに青きいぼむしり

果てしなき秋へ續きてゐる河口

秋風や燈臺へ來てだれも居ず

岬山の窪みに一寺茨の實

島かなしアロエと同じ庭に菊

人戀ひて出たる門邊の天の川

大富士を映す湖花芒

古着屋に始まる通り木槿咲く

地を打てるしぐさに蝗取つてをり

田の畿るごとに小堰や落し水

稲の香に包まれて行く堤かな

渡りゆく風がちらす日稲の花

稲穂出づ風のそよぎの作なりに

稲の穂に日の色にじみたそがるる
子ども等が作りし案山子天を向き
組んでゐし稲架の丈もて人歸る

一員となつて子のをり稲下ろす

曼珠沙華消え田仕事も終りけり

表より裏庭廣し豆の秋

ついばまるほどに濃さ増す熟柿かな

夜となれるまでを習ひの秋の耕

田の神に一穂置きある刈田かな

日をかくしたる雲に風末枯るる

朝顔が枯れ學校の垣が枯れ

堤にて終るぬけ道お茶の花

燈ともして離れ離れに冬山家

小春日やほのと富士置く瑞泉寺

聲つめてつめて夕べの冬の鵙

上州　富岡

小春日や里抱く様の稲含山《いなふくみ》

作物のごとく残菊刈つてをり

集落の枯れどこよりも川にあり

短日や影落しゆく郵便夫

障子にも母亡き暗さ残る居間

凩を斷ち切つて川曲りをり

遠きもの遠きものへ目枯野犬

鍬一日持てば一日が風の冬

冬菜濃し農夫の心そのままに

冬帽のとんがりにある孤獨かな

童話からぬけ來し人の冬帽子

なにするも一人の農夫冬の鵙

臘梅や地の濕りより暮るる庭

地下足袋で來し百姓の歳暮かな

ひつかかるものの寒天になにもなし

走りくる風音を追ひ寒の雷

大寒や立ちてゐるものみな墓標

穴掘れば穴をのぞけり寒鴉

影が人歩かせてゐる寒の晴

寒風や藪に守られゐる牛舎

田へ出でて遊べる母子日脚伸ぶ

待春や墓地も屋敷も山の根に

道祖神にも年の豆撒いてゆく

牛小屋の板戸遊ばせ冬去りぬ

どんど火

自　平成十七年
至　平成二十年

初富士を引つぱり續けゐる雲よ

輪飾の輪を引締めし結びかな

畑へ來て安らぐ心鍬始

婆の鍬息子の鍬や農始

お飾や納屋のかたへの屋敷神

山始なるひとすぢの煙上げ

松過ぎの畑仕事の一家族

どんど火の輪にふるさとをつなげをり

函嶺の雲の灘指す梅二月

ウォーキングがてらといふも梅見らし

ぬけ道となりゐる畦や梅の花

墓に酌む酒に始まる占魚の忌

廣ごりて暗さなき雲占魚の忌

占魚忌や磯鼻叩く雪解風

引潮に鳴りゐる岸邊春淺し

先頭の走れば走り柳鮠

あたたかや丘の學校よりの鐘

蝶蝶に好きな畑のありにけり

忘れられありし畦木の芽吹きかな

納屋の屋根からも煙突木木芽吹く

たんぽぽや土手に腰掛け長話

見るたびに尾を振つてをり懸り凧

木木芽吹く頃の上野の風が好き

來てすぐに尿れる農夫東風寒し

田へ渡るだけの石橋つくしんぼ

集落の入口出口落椿

外厠残る家家竹の秋

田を打つや苗代茱萸の花咲けば

父に付き母に付く子や田を打てる

耕につきて來し子のよく走り

畑を打つには流儀などなかりけり

畦塗るや昔ながらに素手素足

鍬握ることが健康畦を塗る

日曜を待つて水張りある代田

阿夫利嶺の一夜ごとなる春の雪

きんぴらは百姓の味花見酒

映りゐる雲を離れし花筏

雨につけ晴につけ風荒るる花

先生をもて遠足の列終る

眞つ赤なる月の八十八夜かな

松の蕊こぞり北條五代祭

どの向きの風にも早苗應じをり

子の頃にすぐ草笛の戻しくれ

持ち忘れたる筍の土手にあり

ふくらみて低くゆく雲里若葉

蓮咲くや一つ高さに池の柵

子の夢の廣ごる水邊夏來たる

堤防をはさみ田と川野萱草

萱草の咲く方へ畦曲りをり

長雨に百足蟲の誘ひ出されけり

燈影より夜の大蜘蛛の踊り出づ

圍を張りし蜘蛛に惰性の生れをり

尾の切れて過去なくなりし蜥蜴かな

川崎民家園　二句

老鶯や森に抱かれし民家園

古民家はどれも萱葺き梅雨深し

鳶は輪を描く風を得梅雨晴るる

大耕地満たす取水場夏つばめ

百姓の晝餉の早し半夏生

農婦の死悼み雨降る半夏生

自轉車をこぐ少年の素《す》跣《あし》かな

靜かなるとこ絲とんぼ知つてをり

地響きをあげてゐる堰梅雨深し

第一歩より縞蛇に出會ふ谷戸

本名のままの墓石アカンサス

金時にゆかりの里の瀧見茶屋

東村山市「一火山房」（先師邸）五句

門入りてすぐに大椽夏館

茂りにもその後の月日見ゆる庭

大椽と向き合ふ書齋風薫る

若葉して天行く風を呼べる椽

つくばひの緋目高在りし日のままに

方代の筆跡太き夏暖簾

一輪車押すや蠛蠓《まくなぎ》引き連れて

夕方になると草刈り出す男
草取の忍耐なんにでも通じ
裏返りゐる刈草の白さかな

子は草を刈り婆は草取る日課

夜毎来る窓の守宮《やもり》と話す妻

夏帽の鍔の大きく大人かな

夏服の中の水兵服白し

少年の面ざし消えし日焼かな

一枚のハンカチ忘れあるベンチ

夜を生きるだけのさびしさ月見草

子育ての盛りの汗の乳くさし

子育ての盛りや暑さなど寄せず

すぐそこへ行くにも好きな浴衣着て
きりぎりす風の誘ひに乗つてをり
浮草や川の汚れはこの町も

熊蟬の鳴くたびに地の乾きゆき

蟬の穴から覗かれてゐたりけり

火の付きしごとみんみんの鳴き出せり

熊蟬の一點張りの聲通し

畑へ行く道の外燈夜の秋

病院の七夕竹に迎へられ

農小屋は明けつ放しに盆休み

秋めける一燈に忌に籠りをり

法師蟬空よりも森暮れゆけり

川岸の伸び放題の草は實に

雨後の日の強さ蜻蛉の光にも

寺に人來ぬ日の雨の白芙蓉

先師戀ひ酌む大盃の新酒かな

五十塚六十塚や露の秋

曼珠沙華畦長長と八丁田

舊道は坂が付きものの葛の花

秋暑し村付合ひの道普請

山國の雲湧き止まぬ秋暑かな

山嶮しければ秋暑の雲もまた

大島が富士が大きく秋晴るる

學校に續き花野のありにけり

手間暇を惜しまず栗を拾ふにも
立て掛けて干しあり胡麻とすぐ分る
片付けるでもなく稗の抜かれあり

吊し干すものの一つに唐辛子

こほろぎはこほろぎを呼び鳴いてをり

雨の日もせはしき農夫石たたき

稲扱を弾ませてゐる日和かな

降り出しし雨に風出し残り稲架

古稲架に風雨のあとの照り返し

阿夫利嶺の風に一人の晩稲刈り

一莖の長きままなる落穂かな

稲架よりも落穂につきてゐる雀

黄落や谷戸の神なる大銀杏

風に揺れゐる木の燈影十三夜

引賣りをのぞく島人菊日和

露霜や日ざしまだなき畑に人

石三つ積めば塔めく冬暖

山影のかぶさる堰や暮早し

産土の扉今日開き七五三

返り花大手門への眼鏡橋

山近きしじまの中の冬田かな

田の上に冬陽炎の立てる日よ

寺へ來て手を洗ひをり大根引

働けるほか見ぬ婆の頰被り

冬草の一塊の光かな

農家減る村に鴨らの住みつきし

冬川の曲れば家並曲りをり

口笛の好きな先生冬日和

茶の花や農家の頃のままの納屋

年の市立つそこからが舊道よ

行く年の納屋の時計の刻む時

丹澤嶺まで突き抜けし寒の晴

待春や空籠積みし納屋の軒

稔る色

自　平成二十一年
至　平成二十七年

浮き上りつつ初富士の雲に乗り

初富士の雲呼ばざれば風のなし

壽福寺に虚子の墓あり初詣

讀初や茂吉に寫生質《ただ》したく

父母知らぬ八十路に吾や初鏡

高橋百司を思ふ

亡き友に二日の句ありなつかしく

美容院出でて春着の娘《こ》となれり

天地の恵み心に鍬始

鍬始雨降山を正面に

畑へと生活移れる四日かな
若菜摘むだけでは畑の用濟まず
農夫なる限りお飾り手作りに

老の顔減りてさびしきどんどかな

生涯を世俗拒みし占魚の忌

師の墓に閏二月の大事かな

もの影を抜け出してきし餘寒かな

燕來て一氣に野良を動かせり

飛ぶところ決めある燕來たりけり

あたたかや薬師巡りの夫婦連れ

凍ゆるむ大道藝を圍む輪に

淵と瀬の春光違ひありにけり

富士薄れさせて照る日や揚雲雀

野へ續く分校跡地葱の花

穴出でし蟻に目ざとき童の目

たかんなに突き抜けぬものなかりけり

春禽の翼にためし光りかな

畑打つや土より根氣學びつつ

すかんぽの花にて墓地の終りをり

花しどみ登れば富士の見える丘

家裏に産土一社竹の秋

湧水池より風生れ竹の秋

亡き人のやさしさに似し楓の芽

春雪のあがり艶出し夕べかな

神の山佛の山の春の雪

建てあるは虚子忌の塔婆十二本

行く春や空きゐて眞暗なる矢倉

友の墓ある壽福寺へ花見かな

鶯や訪ひたき墓の多き寺

畦塗に來て鶺鴒の離れざる

代掻の雨引きずつて戻り來し

鳥歸る大震災の國後に

囀や縮めやうなき農の庭

見廻りの始まる田水引かれけり

半ばまで植ゑられてある沼田かな

足跡のまだ生きてゐる植田かな

山映る方より澄めり代田水
色變へてゆく捨苗をなづる風
吹かれゐる早苗が風を廣げをり

立つたびに一歩を進め田草取

相模　中井　嚴島濕生公園　二句

木道の幾何學模様夏つばめ

辨天に親しみやすき夏來たる

農夫らの會話は朝の草刈りに
蕗採るや農の合間を惜しみつつ
氣前よく種振り撒けり小判草

穀象や仕舞忘れしままの糠《ぬか》

茨城　高濱　二句

夏川の翼廣げて浦へ入る

素十句碑ある一村の蓮の花

底浅き沼が散らす日水馬

風にゆれ動く木漏れ日金魚池

木木の間の空の映れる金魚池

選びやうなき赤ばかりなる金魚
光れるが合圖の如く羽蟻立つ
蟻の道盡きるところを人知らず

日輪の指針に蟻の動きをり

大蟻の人見る顔を持つてをり

ともしびを罠に夜蜘蛛の餌を待てり

文學館出て緑蔭の石疊

夏蝶の影打ち合つて別れけり

荒壁のままの社や花槐《ゑんじゅ》

相模　中井　五所八幡宮

涼風や八幡宮は高臺に

根切蟲農夫の心切りにけり

手に殘りゐる草取の草の脂《やに》

鐵則の如く農夫の晝寢かな

無限なるもの追ふ如く草を刈る

甚平に着替へ農夫の晝休み

水打つや農夫夕まで地下足袋で

蚊遣香の渦巻にある呪《まじな》ひよ

阿修羅展観に羅の女かな

明るさを風に増す燈や夜の秋

引潮にちぢみし灣や夏の果

鎌倉　瑞泉寺

ここにしか師は居られざり墓洗ふ

盆棚に田を渡りくる風通ひ

送り火や谷戸には多き石の橋

その人を見つつ踊の輪に入りぬ

背を見せて泳ぎゐる魚落し水

すこしづつ空ける田の隅落し水

一群に續く一群稲雀

文字消えし辻説法碑より秋意

秋冷や頂隠す富士の雲

箱根より雲に乗り來し野分かな

人の許の届きたる夜の雁の聲

秋蟬や雲行き速き比企谷《ひきがやつ》

行き場所を決めず飛ぶのか秋の蟬

天高し病むこと知らぬ老農夫

作りたる案山子に心移りをり

一段と高くなびきてゐるが稗

稗抜きの今日も出てゐる一人かな

一株の稗刈りに來しだけの用

なんの色でもなく稲の稔る色

一方へ投げゆく束や稲刈機

掛稲の新しければ影の濃し

掛稲に沈むまで雲かからぬ日

手傳ひの子の丈に稻架組みてをり

稻揚げの圓座つくれる晝餉かな

阿夫利嶺の晴れに彈める稻扱機

穭田の日の中を風遊びをり
焚かれゐて炎上げざり籾の殻
人の死のたびに畑荒れ秋の草

農夫の身すり抜け鈞瓶落しかな

山家の燈ともれば終る秋の耕

風連れて雲の影行く刈田かな

藁塚となるほかはなき組方よ

牛飼ひの減り藁塚の數もまた

雲飛ばす富士に冬田の風强し

母屋より納屋に燈が先暮早し

庭去りし日の綿蟲を置きゆけり

短日や牛が夕べを呼んでをり

冬雲のとどまれば人待つ如し

霜強し農夫の闘志かき立てて

切干の乾上がりきつて日を吸はず

弔ひに暮れし一日の炬燵酒

さびしさをポケットに入れ着ぶくれて

一燈の根を守りゐる冬木かな

伏すことを知らざる蘆の枯れてをり

高嶺へと穂を向け芒枯れてをり

三崎城ヶ島　三句

鵜の來るを待つ島人に白秋忌

海に向け吹く島風にきざす冬

バス降りてすぐの燈臺石蕗の花

冬晴や灘の雲飛ぶ先に富士

人に慣れ過ぎし水鳥つまらなく

冬も水垂らし腹切りやぐらかな

枯野人歩めば影も歩みけり

枯野人影止まれば止まれり

振り向ける時のもつとも鷹らしく

大鷹の鳴きたる時をいまだ見ず

忌日にはなき十二月八日の忌

板塀のこの露地が好き冬椿

西部劇思ひ出しゐるブーツかな

働ける身の幸せを柚子風呂に

餘生にも付き合ひのあり年忘

寒林に圍まれて村音無くし

寒林のまだ新しき切り株よ

畑が日を引つ張つてをり日脚伸ぶ

阿《あ》夫《ふ》利《り》嶺より來る雲となり春近し

後記

父母知らぬ八十路に吾や初鏡

一昨年の元日、洗面所の鏡に映つてゐる自分の顔を見て、ふとこの句が頭に浮かんだ。鏡に映つてゐる顔から亡き父の面ざしを感じたからだと思ふ。父は數へ年で五十歳、母は三十三歳で亡くなつた。長壽社會の今の人からみれば父母の死は短命といふしかない。

この句が出來た時、せめて兩親に八十歳になつた時の心境といふものを感じてもらひたかつたといふ思ひと、私が無事八十歳を迎へることができたのは、早逝した父母が自分達にかへて子供だけは長生きをさせてやりたいといふ願ひがあつたからではないかと思つた。

今度、自分の身邊や郷里中井町の風土、風物、くらしを詠つた句と、各地への吟行旅行の折の句などをまとめ、第二句集を出すことにした。

特に町のくらしの中では、私の俳句の原點である農作業をする人達を中心に詠つた。別段、農家生れでない私が農業にひかれるのは、小學校時代の同級生の家がほとんど農家であつたことや、苗代田で髄蟲《ずいむし》取りなどを學校でさせられた經驗がいつしか土に親しみをもつやうになつたのだと思ふ。

句集には、昭和六十二年から平成二十七年にかけて、俳誌「みそさざい」、「かいつぶり」、「絹」、「空居」に載つた句から鄉里を詠つた句を主に五百五十八句を自選して収めた。

私の俳句は、昭和二十九年、平塚市馬入で行はれてゐた、「ホトトギス湘南句會」で、今は亡き上村占魚先生にお會ひして以後、四十數年閒「みそさざい」で「寫生」を學んで來た。先生の「自然に忠實に」「自己に忠實に」の寫生法がいつしか私の鄉里諷詠への道につながつていつた。

先生亡き後も、先生の遺志を繼がれた故齋田鳳子師、髙橋洋一師、出口孤城師、宗像夕野火師、茂木連葉子師から正統な寫生を教示され、なんの迷ひもなく一本の寫生道を歩んでくることができた。この恩恵の大きさ深さを忘れた日は無い。

句集は、四つの章に分けたが特に年代的に理由がある譯ではなく、句集全體を師系の占魚山脈の中の一小脈と考へ、ご恩を賜つた各師への報恩の念をこめた。口繪の占魚先生の筆跡は、昭和六十二年の正月、鎌倉の相州句會の歸路の車中で、持參してゐた吟行歳時記の見返しに先生よりペン書をしていただいたものである。先生といつも共にある思ひで今も持ち歩いてゐる歳時記から轉載させていただいた。

集名「農夫なる限り」は、昨年暮れ、むかし同じ集落であつた農家の前を通つた折、納屋の前の日ざしに筵を敷き一心にお飾りを作つてゐる古老の姿に出會つた。手馴れたしぐさで藁をよる姿には、年を惜しむ心と、祖先から傳はつてきたしきたりを守り通す農夫らしい人柄がにじみ出てゐた。その折の感動から生れた「農夫なる限りお飾り手作りに」の句に據つた。

最後に、今句集も紅書房主菊池洋子さん、後藤紀子さんのご好意ご配意により念願の第二句集を上梓することができた。心より感謝とお禮申し上げます。

平成二十七年十二月吉日

石黒雅風

参百字自畫像　昭和八年三月十七日神奈川縣中井町に生れる。本名、弘。家は祖父二代にわたる開業醫であつたが終戰直後に父の死により廢業。中井郵便局に勤める。村内の俳人に勸められ俳句を作り始める。父も五雨と號し俳句を作つてゐた。昭和二十九年平塚市のホトトギス湘南句會で今は亡き上村占魚先生を知り「みそさざい」に入門。東京美術學校出身で漆工藝家でもあつた先生から藝を求める心の高さ嚴しさを學ぶ。「自分の句を作れ、自分の道を歩め」の教へが今でも生き方になつてゐる。土と鎌鍬への愛着強く家裏の丘に畑を借り農耕を日課とする傍ら、文化財保護委員として町の歴史を探る。著書、句集『浮塵子』。

現住所　〒259-0142　神奈川縣足柄上郡中井町久所四六〇

句集　農夫なる限り　奥附

平成二十八年一月七日　初版
著者　石黒雅風＊装幀　安曇青佳＊發行日
發行者　菊池洋子＊印刷　明和印刷＊製本　新里製本＊製函　岡山紙器所
發行所　〒一七〇・〇〇一三　東京都豊島區東池袋五ノ五十二ノ四ノ三〇三
紅《べに》書房　info@beni-shobo.com　http://beni-shobo.com
電　話　〇三（三九八三）三八四八
FAX　〇三（三九八三）五〇〇四
振　替　〇〇一二〇-三-三五九八五
落丁・亂丁はお取換します
ISBN978-4-89381-307-7
Printed in Japan, 2016